百千鳥

中野雅夫
Nakano Masao

文芸社

雲海や
見え隠れする
壱岐対馬

雅夫

まえがき

大正十二年五月二十八日生まれ、平成十二年五月二十八日の誕生日を迎えて七十七歳、喜寿といわれる年齢まで生きながらえて、定年、還暦を迎えてからは、孫達六人に囲まれて幸せそのものです。

呆け防止に、頭の体操になるような趣味をもって、俳句でも作ってみたらと、恵まれた三人の子ども達にすすめられて、素人ながら句作（苦作）しはじめました。方々の募集先へ応募して自分の句が活字になり、入選して掲載されると、嬉しさのあまりに意欲を出し、今までの入選句、投稿句、添削依頼句とやたら集めて、手許に整理した中から、素人の千鳥足が選んだ百句集を『百千鳥』と名付けて百句選にまとめてみました。

お爺ちゃんの俳句、父の俳句と、折にふれ目にふれて、元気で姿変わりしていくのを見ていてくれるのならと、思い直してこんな試みを決断しました。

喜寿　　雅夫

目次

まえがき……4
百句集……7
続新句……59
短歌集……83
選者一覧……102

百句集

雲海の抬げる島や富士の山

雲海や見え隠れする壱岐対馬

外濠を忍びの如く姫蛍

蟬生まる青大将去りしあと

初鰹朝市せりの声高く
屑籠の中まで緑美しく

土用波巨大フェリー静かなり

浜木綿や満潮のあとすれすれに

漁火は皆いか船や壱岐の海

海女憩う浜昼顔の傍に座し

海女二人同じ磯の香漂わせ

かわせみの西陽離れず瀬を遊ぶ

節分の豆こぼれおり鳩走る

山桃や五代目となる古木哉

望遠と広角で撮る夏の旅

豌豆《えんどう》と蚕豆《そらまめ》の花競い咲く

田楽を求めて木の芽なつかしむ

一言の遙か田舎の蓬餅

蔓草の伸びつくしたりシャツ干しぬ

春眠の鮠《はえ》も動かず春の川

春眠の青大将とぐろ巻く

雨乞いの太鼓蛙も聞いている

恐縮ですが
切手を貼っ
てお出しく
ださい

112-0004

東京都文京区
後楽2−23−12
(株) 文芸社
ご愛読者カード係行

<table>
<tr><td>書　名</td><td colspan="5"></td></tr>
<tr><td>お買上
書店名</td><td colspan="5">都道
府県　　　市区
郡　　　　書店</td></tr>
<tr><td>ふりがな
お名前</td><td colspan="3"></td><td colspan="2">明治
大正
昭和　　年生　　歳</td></tr>
<tr><td>ふりがな
ご住所</td><td colspan="4">□□□-□□□□</td><td>性別
男・女</td></tr>
<tr><td>お電話
番　号</td><td>（ブックサービスの際、必要）</td><td>ご職業</td><td colspan="3"></td></tr>
<tr><td colspan="6">お買い求めの動機
1. 書店店頭で見て　2. 当社の目録を見て　3. 人にすすめられて
4. 新聞広告、雑誌記事、書評を見て（新聞、雑誌名　　　　　　　　）</td></tr>
<tr><td colspan="6">上の質問に 1. と答えられた方の直接的な動機
1. タイトルにひかれた　2. 著者　3. 目次　4. カバーデザイン　5. 帯　6. その他</td></tr>
<tr><td colspan="2">ご講読新聞　　　　　　新聞</td><td colspan="4">ご講読雑誌</td></tr>
</table>

文芸社の本をお買い求めいただきありがとうございます。
この愛読者カードは今後の小社出版の企画およびイベント等の資料として役立たせていただきます。

本書についてのご意見、ご感想をお聞かせ下さい。 ① 内容について
② カバー、タイトル、編集について
今後、出版する上でとりあげてほしいテーマを挙げて下さい。
最近読んでおもしろかった本をお聞かせ下さい。
お客様の研究成果やお考えを出版してみたいというお気持ちはありますか。 ある　　ない　　内容・テーマ（　　　　）
「ある」場合、弊社の担当者から出版のご案内が必要ですか。 希望する　　希望しない

ご協力ありがとうございました。

〈ブックサービスのご案内〉

当社では、書籍の直接販売を料金着払いの宅急便サービスにて承っております。ご購入希望がございましたら下の欄に書名と冊数をお書きの上ご返送下さい。（送料１回380円）

ご注文書名	冊数	ご注文書名	冊数
	冊		冊
	冊		冊

遙るばると平戸躑躅《つつじ》の咲き誇《ほこ》る

手もみせし初摘みの葉の香りよく

稜線《りょうせん》陰陽くっきり夏の山

妻といて枝豆飽きず月見哉

夜桜の花吹雪たる吹きだまり

黒潮の香り一杯網を曳く

磯笛を吹き仰ぐ顔海女若き

水ぬるむかる鴨の道喜々として

割り込んで海女の磯桶覗く子等

蜩も鳴き寝入りたる山下る

落鮎の梁《やな》賑わしき家族連れ
ほんのりと緑匂える青田風

でで虫を幾つも見たり梅雨上り

春長閑《のどか》れんげ畑のひと休み

初雪も舞い込んでくる初湯舟

野上りや茨の葉摘む農婦あり

奥津城や半年ぶりの萩の傍

かぎろいの牛横ずわりれんげ喰《は》む

花吹雪蟻行列も乱れたり

薩摩よりあく巻届く初端午

山寺の鐘霧と這《は》う萩の道

木曽谷の源氏蛍や烽火《のろし》あぐ

容赦なく曝すが如く夏の浜
夏とかげ蟻行列の尻尾《しっぽ》追う

烏瓜《からすうり》熟れて野鳥馴染《なじ》みたり

海女同士確かめあって囲む桶

梅雨を衝く蓑ずぶぬれて木曽下る

長崎へ傘忘れざり秋日和

時下《しけ》待ちをいか船みんな午睡する

故郷《ふるさと》は庭に山菜摘めし処《とこ》

海女よりも先に数読む群れる人

月追えば引合わせたる雁渡る

八階に菊一鉢の秋を呼ぶ

営林署國有林の霧を掃く

熊野古道羊に似たる花芒

松喰いの梢見守る鳶哉

考える葦の河原や秋晴るる

夜桜や名酒爛漫揃いたり

何もせぬ何故に蛙の水かける

木枯しや法衣何やら呟きぬ

夏雲や登りてもまだまだ高き

形よき飛込み岩や夏のもの

山荘や渓流に沿う蝉の道

台風のあと小魚のひからびて

夏木立あつらいの株栗鼠《りす》憩う

実演の草餅売れる甲斐まつり

夏草や秘密の釣場かくしたり

崩れたる塀かけ廻る夏とかげ

かぎろいの野面の果てや雲雀飛ぶ

ほおずきの陽《ひ》浴《あ》びするごと色づきぬ

競い咲く長谷の牡丹や四月晴れ

はぜ日和臨海の道バス連らぬ

栗落ちる又栗落ちる庭に起つ

満月を双手に抱きし孫の声

老夫婦同じ速さで麦踏みぬ

ひと夏のあくた焚く浜暮れ速き

霧島の駅員朝の霧を掃く

夏草の枯れて休暇終りたる

秋空を薬の如くしばし吸う

夏草の枯れ果てしあと花火あと

老妻は幸福の木に水そそぐ

高原に地図展げたる萩の台

潮騒を聞く灯台の展望台

霧深き國有林より登山帽

渓合いも西陽かげりて蝉止みぬ

雨蛙蕗《ふき》にじっとし抱かれおり

生き生きと雨だれにたえ軒忍

夏果てし水着の蔓に干せしまま

南天の陽だまり庭師ひなたぼこ

菜の花や黄一色の伊勢平野

蔓草の枯れしに水着さらされし

水仙の可憐うつして水澄めり

蔓枯れし緑一葉のたくましき

夕焼けに柿とる子等の顔赤き

秋うらら構図も遠く絞りたり

紀北路や苗代の青揃いたり

ざくろ実の唯一つきり熟れ残る

山峡に立ちつくしたる釣天狗

続新句

田草とる絣の列の美しく

冬捨てし鉢に新芽見つけたり

白めきて街も一気の暑さ哉

初午や味噌田楽を花むしろ

木枯しや焼野の灰を巻き上げる

ひじき干す浜賑かな出合いどき

禅僧の甘茶ふるまう花御堂

雲仙を忘れさせたるムツゴロウ

法螺貝《ほらがい》で猪《しし》追う人の野火見張る

野上りの餅か茨の蒸す香り

老松庭師入念腕をくむ

七草と知らず可憐に母子草

孫選ぶ浴衣の柄も特急車

紫陽花《あじさい》の店名紫陽花花盛り

夕焼や刈田の鳥急ぎ発つ

札所去る親子遍路泣きながら

黄昏《たそがれ》や野火に野良着動く影

夏入りや船塗り終えて列びたる

菜飯出す店賑わいて春菜萌ゆ

松喰いの赤い梢や百舌止る

萱葺きの崩れて寂し峠茶屋

玄海の土用を帰る麻生丸

一鉢の大輪の菊秋日和

曇天にそこひの如き白き月

遠来の賀状と酌む年詞哉

菊花展即売会の秋を買う

夏蒲団禅定《ぜんじょう》の山無事下る

迂回路も溢滞となる過疎の盆

夫婦仲スナップ残す夏ツアー

万歩計付け老人の盆踊り

油蝉かぼそき過疎《かそ》をしぼり鳴く

あでやかに電飾船の夏まつり

くちなしの日毎に白む春日和

献灯に暑気払いする宵まつり

陽を追うて三度動かす秋の鉢

庭先を小鉢なごやか春の花

朝陽さす刈田に憩う鷺一羽

柿熟れて恋う故郷のこと総て

渋滞の車舞台に落葉舞う

寄せ植えの雑木林に小さな秋

カニシャボの緋色鮮やか小六月

いわし雲ともづなを解き勇み発つ

伊勢海老の跳ねるみこしや夏まつり

十月親しき友と昼ロビー

短歌集

豌豆《えんどう》と蚕豆《そらまめ》の花競い咲く
畑持つ店豆飯を売る

夏枯れをチリ紙交換鉢合いて
同じ台詞《せりふ》で素通りしゆく

炎天を素足《すあし》の子等は玉網《たも》持ちて
鈴鳴らしゆく氷売り追う

玄海を屍《かばね》の如く皆眠る
我のみ生きて反吐《とろ》にたえつつ

蔦生いし洋館硝子割れしまま
売り家知らす紙貼られたり

事故現場片づけもせでそのままに
手向けられたる紫陽花の花

山がらの今日も来ているざくろ実の
もう一つきり熟れ残りたり

故郷は絶えることなき四季の花
春七草も秋七草も

紀北路の苗代《なわしろ》の青揃いたり
今青田風さやかに匂う

容赦なく曝すが如く夏日輪
今ようやくに色あせて落つ

縁日のがらくた市にかくれたる
小さき観音身請けて嬉し

若竹の皮紫蘇《しそ》巻きて吸いし頃
今子等恵まれて誰も手にせず

夕焼けをヤンマ大きく飛び交いて
見とれしおれば遠き日の悪夢《ゆめ》

香煙の僧先にして葬列の
鐘鳴らしつつ奥津城に入る

有明の遠き干潟の雲仙を
訪ねてきしにムツゴロウと遊ぶ

有明の潟で遊びしムツゴロウ
缶詰にして連れ帰りたり

林立す高層ビルの不思議なる
墓碑墓地に見え涯恐ろしき

選者一覧

（俳句）

奥の細道三百年祭結びの地の大垣市制七十周年記念俳句大会　選者　太田　嗟先生　小鷹奇龍子先生

中日新聞俳壇　選者　宇佐見魚目先生

三重県一句下さい　選者　黛まどか先生

添削指導　指導　楠本憲吉先生

（短歌）

私達のサラダ記念日　選者　俵　万智先生

著者略歴

中野雅夫（なかの　まさお）

学歴

昭和十六年、三重県立宇治山田中学校卒業

昭和十八年、三重師範学校卒業

職歴

三重県公立中学校教諭

津地検検察官事務取扱検察事務官

トヨタ、マツダ系企業採用課長

百千鳥

二〇〇〇年五月一日　発行

著者　中《なか》野《の》雅《まさ》夫《お》

発行者　瓜谷綱延

発行所　株式会社文芸社

〒一一二-〇〇〇四

東京都文京区後楽二-二三-一二

電話　〇三-三八一四-一一七七（代表）

〇三-三八一四-二四五五（営業）

振替　〇〇一九〇-八-七二八二六五

印刷所　株式会社エーヴィスシステムズ

ISBN4-8355-0260-4 C0092